Juan Valera

El caballero
del azor

Barcelona **2024**
Linkgua-ediciones.com

Créditos

Título original: El caballero del azor.

© 2024, Red ediciones S.L.

e-mail: info@linkgua.com

Diseño de cubierta: Michel Mallard.

ISBN rústica: 978-84-9816-318-6.
ISBN ebook: 978-84-9897-942-8.

Sumario

Brevísima presentación

La vida

Juan Valera (18 de octubre de 1824, Cabra). España.

Era hijo de José Valera y Viaña, oficial de la Marina, y de Dolores Alcalá-Galiano y Pareja, marquesa de la Paniega. Tuvo dos hermanas, Sofía y Ramona y un hermanastro: José Freuller y Alcalá-Galiano.

Su padre vivió de joven en Calcuta y adoptó posiciones liberales. Por ello fue removido de su puesto. Tras la muerte de Fernando VII en 1834, el nuevo gobierno liberal fue rehabilitado y se le nombró comandante de armas de Cabra y después gobernador de Córdoba.

La madre se opuso a que Juan Valera siguiera la carrera militar. Este estudió Lengua y Filosofía en el seminario de Málaga entre 1837 y 1840 y en el colegio Sacromonte de Granada, en 1841. Luego estudió Filosofía y Derecho en la Universidad de Granada, donde se graduó en 1846.

En 1844 publicó primer libro de poemas. Leyó mucha poesía, y en particular a José de Espronceda, y a los clásicos latinos: Catulo, Propercio y Horacio. Hacia 1847 empezó a ejercer la carrera diplomática en Nápoles junto al embajador Ángel de Saavedra, duque de Rivas. Vuelto a Madrid, frecuentó las tertulias y los círculos diplomáticos a fin de conseguir un puesto como funcionario del Estado.

Así viajó por Europa y América. En Lisboa empezó su amor por la cultura portuguesa y el iberismo político. De regreso a España, empezó a escribir y publicar ensayos en 1853 en la *Revista Española de Ambos Mundos*; en 1854 fracasó en un intento de ser diputado, y por entonces estuvo en los consulados de España en Frankfurt y Dresde con el cargo de secretario de embajada.

Hacia 1857 se fue seis meses con el duque de Osuna a San Petersburgo; polemizó con Emilio Castelar en *La Discusión*, y escribió su ensayo *De la doctrina del progreso con relación a la doctrina cristiana*. Asimismo, tras ser elegido diputado por Archidona en 1858, escribió en numerosas revistas como redactor, colaborador o director.

El 5 de diciembre de 1867 se casó en París con Dolores Delavat, veinte años más joven y natural de Río de Janeiro, y tuvo tres hijos: Carlos Valera, Luis Valera y Carmen Valera, nacidos en 1869, 1870 y 1872.

Durante la Revolución española de 1868 fue un cronista de los hechos y escribió los artículos «De la revolución y la libertad religiosa» y «Sobre el concepto que hoy se forma de España».

Juan Valera fue elegido senador por Córdoba en 1872 y en ese mismo año fue director general de Instrucción pública; en 1874 publicó su obra más célebre, *Pepita Jiménez* y, en esa época, conoció a Marcelino Menéndez Pelayo, con quien hizo gran amistad.

En 1895 perdió casi por completo la vista, se jubiló y volvió a Madrid; allí publicó *Juanita la Larga* (1895), y *Morsamor* (1899); frecuentó diversas tertulias y tuvo una en su propia casa.

Valera fue elegido miembro de la Academia de Ciencias Morales y Políticas en 1904. Murió en Madrid el 18 de abril de 1905 y fue enterrado en la sacramental de San Justo.

Sus restos fueron exhumados en 1975 y llevados al cementerio de Cabra.

El caballero del azor

I

Hará ya mucho más de mil años, había en lo más esquivo y fragoso de los Pirineos una espléndida abadía de benedictinos. El abad Eulogio pasaba por un prodigio de virtud y de ciencia.

Las cosas del mundo andaban muy mal en aquella edad. Tremenda barbarie había invadido casi todas las regiones de Europa. Por donde quiera, luchas feroces, robos y matanzas. Casi toda España estaba sujeta a la ley de Mahoma, salvo dos o tres estadillos nacientes, donde, entre breñas y riscos, se guarecían los cristianos.

En medio de aquel diluvio de males, pudiera compararse la abadía de que hablamos al arca santa en que se custodiaban el saber y las buenas costumbres y en que la humana cultura podía salvarse del universal estrago. Gran fe tenían los monjes en sus rezos y en la misericordia de Dios, pero no desdeñaban la mundana prudencia. Y a fin de poder defenderse de las invasiones de bandidos, de barones poderosos y desalmados o de infieles muslimes, habían fortificado la abadía como casi inexpugnable castillo roquero, y mantenían a su servicio centenares de hombres de armas de los más vigorosos, probados y hábiles para la guerra.

La abadía era muy rica y famosa; rica por los fertilísimos valles que en sus contornos los monjes habían desmontado, cultivándolos con esmero y recogiendo en ellos abundantes cosechas, y famosa, porque era como casa de educación, donde muchos mozos de toda Francia y de la España que permanecía cristiana, acudían a instruirse en armas y en letras. Entre los monjes había sabios filósofos y teólogos y no pocos que habían militado con gloria en sus mocedades antes de retirarse del mundo. Estos enseñaban indistintamente las artes de la paz y de la guerra; cuanto a la sazón se sabía. Y luego, según la índole de cada educando, los pacíficos y humildes se hacían sacerdotes o monjes, y los belicosos y aficionados a la vida activa, salían de allí para ser guerreros y aun grandes capitanes.

Cincuenta novicios había en la abadía de continuo. Y todos, salvo en las horas consagradas a ejercicios caballerescos, vestían el hábito de la orden.

En una tarde de abril, terminadas las vísperas, salieron los novicios del coro, donde habían estado entonando salmos, y fueron, según costumbre, a pasar dos horas de recreo jugando en un gran patio.

Había un novicio de origen oscuro, lo cual se contraponía a la alta nobleza de que se jactaba con razón la mayoría de los otros. Este novicio era español.

Seis años hacía que había venido a refugiarse en el convento sin saber de dónde. El caritativo abad le dio asilo, y él, con su humildad profunda, con su aplicación constante, con la rara inteligencia que desplegó en el estudio y con la robustez y agilidad que mostró en todos los ejercicios corporales, se ganó la voluntad de aquel venerable siervo de Dios, que le amaba como a un hijo y que candorosamente le admiraba. De aquí la envidia que le tenían los otros novicios y especialmente los franceses. Tratábanle con desdén, le hacían mil burlas y hasta le dirigían improperios, que él sufría con resignación evangélica. Por esto le llamaban Plácido.

En aquella ocasión la envidia de los otros novicios había llegado a su colmo. Plácido acababa de alcanzar brillante triunfo. Había compuesto un devoto e inspirado himno latino a la Santísima Virgen María, tan lleno de bellezas y tan rico de amor místico, que, entusiasmados los monjes, le habían cantado en el coro, dando al joven poeta mil alabanzas y bendiciones.

Sus malos compañeros, deseosos de humillarle, y tal vez fiados en que Plácido era pacífico y sufrido, se encararon con él, aunque él se apartaba de ellos con mansedumbre y modestia, y llegaron dos de los más insolentes al último extremo de la injuria. Recordando la oscuridad de su origen, se la echaron en rostro y calificaron a su madre de la más infame manera.

El cordero se convirtió entonces de repente en bravo león. Por dicha no tenía armas, pero le valieron los puños. Con certero y fuerte golpe derribó por tierra, maltrecho y con la boca ensangrentada, al primero que le había ofendido. Después siguió peleando él solo contra otros tres o cuatro, apoyado contra el muro y acosado por ellos.

Fue todo tan rápido, que nadie había acudido a interponerse y a restablecer la paz, cuando otro de los novicios, de nobilísima alcurnia francesa, intervino en la contienda, diciendo:

—Es cobardía que vayáis tantos contra él; apartaos; dejádmele a mí solo; yo le castigaré como merece.

Fue tan imperiosa la voz, fue tan imponente el ademán de aquel muchacho, que se apartaron todos, formando ancho cerco en torno suyo.

Cayó entonces el francés sobre Plácido, el cual paró los golpes que le asestaba, sin recibir ninguno, y le ciñó con fuerza terrible en sus nervudos brazos.

Pasmosa fue la lucha. Firmes se mantenían ambos. Ninguno cejaba ni caía. Hubieran semejado dos estatuas de bronce, si no se hubiera sentido el resoplido de la fatigada respiración de los combatientes y si no se hubiera visto correr abundante sudor por sus encendidas mejillas.

¡Quién sabe cómo hubiera terminado aquel combate! Mal hubiera terminado, sin duda, si no llega precipitadamente, el abad y logra al punto separarlos.

Después de censurar con breves y enérgicas palabras la acción de todos, ordenó a Plácido que le siguiese, y le llevó a su celda.

II

—En balde he esperado, hijo mío, hacer de ti un dechado de santidad y de paciencia, para que con el tiempo llegases a ser mi sucesor en el gobierno de esta abadía. Sé todo lo ocurrido y no me atrevo a culparte. La afrenta que te han hecho era difícil, era casi imposible de tolerar. Está visto, Dios no te quiere para la vida contemplativa. Imposible es, además, que permanezcas ya ni una hora en esta santa casa, donde has promovido un escándalo feroz, aunque disculpable. Por otra parte, el mozo con quien luchabas es poderosísimo por su nacimiento y riqueza, y tú no puedes seguir viviendo donde él está. No me queda más recurso que el de obligarte a salir inmediatamente de la abadía. Pero no saldrás desvalido y sin prendas de mi afecto hacia ti. La abadía es rica, el abad también lo es, y en nada mejor puede emplear su dinero. Toma esta bolsa llena de oro; Hugo, el capitán de los arqueros, tiene orden mía para entregarte enjaezado el mejor de los corceles que hay en nuestras caballerizas. Corre, revístete a escape de tus armas, monta a caballo y vete.

Vertiendo muchas lágrimas de gratitud y besándole respetuosamente las manos, Plácido se despidió del abad, y éste le abrazó y le bendijo.

Dos horas después cabalgaba Plácido, solo y armado, por medio de un pinar espeso y por senda apenas trillada, que iba serpenteando junto a la orilla de un arroyo, entre cerros altísimos.

III

Llegó la noche medrosa y sombría. En aquella soledad asaltaron a Plácido mil ideas tristes. Los recuerdos de la niñez surgieron en su mente con claridad extraña.

Recordó que seis años hacía le habían arrojado de otro asilo con severidad y dureza harto diferentes. Desde muy niño, desde el albor de su vida, de que no tenía sino muy confusas memorias, se había criado en el castillo del terrible don Fruela, poderoso magnate de la montaña. El castillo estaba en una altura muy cercana de la costa. Desde allí ora salía don Fruela con buen golpe de gente a caballo para penetrar en tierra de moros y talar y saquear cuanto podía, ora embarcaba a sus satélites en algunas fustas y galeras de su propiedad, e iba a piratear o a dar caza a otros más crueles piratas que infestaban aquellos mares e invadían y asolaban a menudo las costas de España; eran los idólatras normandos de Noruega y de la última Tule.

Plácido, recogido por caridad en el castillo, e hijo de padres desconocidos, había sido criado con amor por doña Aldonza, la mujer de don Fruela. Hasta la edad de ocho años vivió Plácido en fraternal familiaridad con Elvira, la hija de doña Aldonza, que era de edad poco menor que él. Juntos jugaban los niños y juntos aprendieron a leer y la doctrina cristiana.

Plácido y Elvira sintieron que sus almas se habían unido con el lazo del cariño más inocente.

Algo hubo, de recelar o de prever don Fruela, y ordenó a su mujer que alejase al expósito del trato y de la convivencia de su hija.

Sumisa doña Aldonza, cumplió las órdenes de su marido; pero no hasta el extremo de evitar por completo que el pajecillo y la niña se viesen y se hablasen.

La menor frecuencia en el trato produjo un efecto contrario al que don Fruela deseaba. En las mentes candorosas de él y de ella se trocó en adoración el afecto y se iluminó y hermoseó con las galas y el esplendor de los sueños la imagen de la persona querida.

Así llegaron ambos a cumplir catorce años. En un día en que salieron de caza con don Fruela, el caballo de Elvira corrió desbocado y fue a perderse en la espesura de un bosque. Plácido la siguió para salvarla y acertó a llegar cuando el caballo que ella montaba tropezó y cayó, derribándola por el suelo. Elvira, por fortuna, no se hizo el menor daño. Plácido se apeó con ligereza, acudió en su auxilio y la levantó en sus brazos.

Instintivamente, sin saber qué hacían, cediendo ambos a un impulso irreflexivo, tal vez movidos por los invisibles genios y espíritus de la selva, acercaron sus rostros y se dieron un beso. Plácido se creyó por breves instantes transportado al paraíso; pero la realidad más cruel hubo de mostrarle enseguida que estaba en la dura y áspera tierra. Una lluvia de infamantes latigazos cayó sobre sus espaldas. Don Fruela le había sorprendido, le castigaba y le afrentaba furioso. La jauría de sus podencos y lebreles y sus monteros se acercaban ya. Afrentado el mozo, aunque en edad tan tierna, no reflexionó en el peligro ni en lo desigual de la lucha, y venablo en manos se lanzó contra don Fruela para matarle. Elvira se interpuso, dispuesta a recibir las heridas y salvar a su padre. Plácido dejó caer al suelo el venablo. La humillación le hizo verter amargas lágrimas.

El feroz don Fruela, lejos de apiadarse, le azuzó los perros para que le devoraran, y ordenó a los monteros que disparasen contra él sus agudas flechas.

—¡Sálvate, Plácido, sálvate! —dijo entonces Elvira—. Si no huyes, mi cuerpo te servirá de escudo y me matarán antes de que te maten.

Plácido conoció entonces lo peligroso, lo imposible de la defensa. Temió más por la vida de ella que por la suya. Era ágil y ligero como un gamo; conocía los más intrincados sitios y las más extraviadas sendas del bosque, y pronto desapareció como por encanto, no sin exclamar antes con su voz de niño, que se contraponía a la firmeza del tono:

—Ser padre de ella te ha salvado de la muerte. Ahora huyo, pero tal vez un día vuelva a buscarte y a exigirte su mano como sola satisfacción de mi afrenta.

Refugiado Plácido en la abadía, no olvidó la afrenta jamás, pero guardó oculto su recuerdo en el lastimado centro del alma. El horror que le causaba volver de nuevo contra el padre de Elvira, la humildad y la resignación y otros sentimientos religiosos inclinaron su espíritu y le excitaron a desistir de vengarse. Y como afrentado y sin venganza no quería vivir en el mundo, se decidió a hacer la vida del claustro. Hasta el día en que el insulto hecho a su madre despertó en él de nuevo la ingénita fiereza, fue el más paciente y dulce de los cenobitas. Lanzado ya al mundo de nuevo, con veinte años de edad, con aliento y brío y con caballo y armas, ¿dónde había de ir Plácido sino al castillo de don Fruela a pedirle estrecha cuenta de todo?

IV

Sin detenerse para tomar indispensable descanso, llegó Plácido a la morada donde había pasado la niñez. Confiado en Dios, en su derecho y en su valentía, sin arredrarse, se acercó a la puerta del castillo.

Todo estaba mudado. En torno soledad y silencio. Aunque era mediodía Plácido no vio ni hombres de armas ni campesinos. El puente levadizo, tendido sobre el foso, dejaba franca la entrada. El escudo de piedra berroqueña, que había sobre la puerta principal, estaba cubierto de negro paño de luto.

Pronto, por un anciano criado, única persona que halló y que al desmontar le tuvo el estribo, se enteró de la inmensa desventura que abrumaba a aquella familia. Don Fruela, acusado de alta traición, estaba en Oviedo y debía ser condenado a muerte. Su acusador era don Raimundo, mayordomo de Palacio. Tres caballeros de la casa de don Raimundo estaban prontos a sostener la acusación en palenque abierto contra los defensores de don Fruela, el cual había apelado al juicio de Dios. Pero don Raimundo era tan poderoso y temido, y por su inaudita soberbia era don Fruela tan odiado, que nadie acudía a defenderle. Solo faltaban tres días para expirar el plazo. No bien Plácido supo todo esto, el rencor antiguo se convirtió en lástima en su alma generosa, y resolvió ser el campeón de quien tan rudamente le había ofendido, probar su inocencia y librarle de la muerte. En el castillo no había nadie, sino el anciano servidor. Doña Aldonza y Elvira habían ido a Oviedo a echarse a los pies del rey y pedirle perdón, si bien con poquísima esperanza, por ser muy justiciero el soberano. De todos modos, la honra de la familia quedaría manchada.

Sin demora se dispuso Plácido a salir para Oviedo, pero antes el anciano servidor le refirió y encareció lo mucho que doña Aldonza y Elvira habían pensado en él durante su ausencia, y le dijo que habían dejado para él un presente a fin de que le recibiese y se le llevase si por dicha aparecía por el castillo.

El anciano fue por el presente y se le entregó a Plácido. Era una fuerte rodela, en cuya planta de acero figuraba en esmalte, sobre campo de gules, un azor, cubierta la cabeza por el capirote y asido por la piuela a una blanca mano que parecía de mujer.

—Tú tienes en el hombro derecho —dijo el anciano— grabado con indeleble marea un azor semejante al del escudo. Por él serás un día reconocido y se sabrá quiénes son tus padres. Entretanto, mi señora y su hija te declaran y apellidan Caballero del Azor, y te dan en testimonio de ello esa prenda. Concédate Dios, Caballero del Azor, la buenaventura en lides y amores que ellas y yo te deseamos.

V

A los tres días, pocas horas antes de expirar el plazo, después de reposar en Oviedo y de aprestarse para el combate, sonaron las trompetas y entró en el palenque el Caballero del Azor, con la visera calada y la lanza en la cuja.

En alta y sonora voz proclamó la inocencia de don Fruela, llamó calumniadores a los que le acusaban y retó a los tres, o sucesivamente o juntos contra él solo. Los campeones de don Raimundo fueron sucesivamente apareciendo. Los combates fueron muy cortos.

El Caballero del Azor, con pasmosa destreza y bizarría, logró que en menos de media hora los tres mordiesen el polvo, muy mal herido uno de ellos.

El gentío que rodeaba el palenque rompió en estrepitosas aclamaciones y vítores. El Caballero del Azor fue llevado en triunfo a palacio e introducido en la regia cámara.

El rey, informado de todo el suceso, ansiaba verle, y más lo ansiaba aún su noble y desventurada hermana, la infanta doña Ximena, que estaba con el rey en aquel momento.

—Caballero del Azor —dijo la infanta antes de que el rey hablase—, ¿por qué llevas un azor esmaltado en la rodela?

—Alta señora —contestó Plácido—, porque le tengo también estampado en el hombro derecho, como indeleble marca.

Doña Ximena puso entonces los ojos con cariñoso ahínco en el rostro hermosísimo de Plácido, e imaginó que veía al conde de Saldaña como estaba en su muy lozana juventud, veinte años hacía.

Ya no pudo contenerse doña Ximena; se acercó al joven, le estrechó en sus brazos y le cubrió el rostro de besos, exclamando:

—¡Hijo mío, hijo mío!

El rey depuso su severidad, y dirigiéndose al joven le estrechó también en sus brazos, y le dijo:

—Yo te reconozco; eres mi sobrino Bernardo; te hago merced de la Casa Fuerte y Señorío del Carpio. Como Bernardo del Carpio, serás en adelante conocido y famoso en todos países y en todas las edades. Perdonado tu padre, saldrá de la prisión y será legítimo esposo de mi hermana.

En efecto; el rey cumplió su promesa. El conde de Saldaña salió del castillo de Luna, donde estaba encerrado. Se aseó y se atavió con esmero, de suerte que todavía tenía buen ver, a pesar de su prolongado martirio.

Durante cinco días consecutivos hubo magníficas fiestas en Oviedo. Las bodas de Bernardo del Carpio y de Elvira se celebraron al mismo tiempo que las del conde Saldaña y doña Ximena.

Pocos días después pudo averiguarse que don Raimundo, el mayordomo de Palacio, había sido quien robó al niño Bernardo y quien le mandó matar, furioso como desdeñado pretendiente que fue de doña Ximena. Los sicarios, encargados de matar al niño, habían tenido piedad de él y le habían expuesto a la puerta del castillo de don Fruela. Por ésta y por otras muchas maldades que se descubrieron, se comprendió que don Raimundo era un monstruo abominable, por lo cual el rey pudo ejercer provechosamente su justicia mandándole ahorcar, como le ahorcaron con general regocijo de los ciudadanos de Oviedo, porque don Raimundo era muy aborrecido y porque en aquella edad tan ruda la filantropía no era cosa mayor y no infundía repugnancia la pena de muerte.

Solo queda por decir que Bernardo fue felicísimo con su Elvira y que vivieron siempre muy enamorados ella de él y él de ella.

Por los antiguos romances y por la historia se sabe que aquella lucha a brazo partido, que interrumpió el abad en el convento de los Pirineos, se reanudó más tarde no lejos de allí, y terminó gloriosamente para Bernardo, muriendo ahogado entre sus brazos hercúleos el paladín don Roldán, pues no era otro quien había luchado con él, cuando los dos eran novicios.

Y aquí terminan los sucesos de la mocedad de Bernardo del Carpio, ignorados hasta hace poco, y recientemente descubiertos en ciertos vetustos e inéditos Anales de la orden de San Benito, escritos en latín bárbaro en el siglo X y conservados en el monasterio de la Cava, cerca de Nápoles.

Libros a la carta

A la carta es un servicio especializado para
empresas,
librerías,
bibliotecas,
editoriales
y centros de enseñanza;
y permite confeccionar libros que, por su formato y concepción, sirven a los propósitos más específicos de estas instituciones.

Las empresas nos encargan ediciones personalizadas para marketing editorial o para regalos institucionales. Y los interesados solicitan, a título personal, ediciones antiguas, o no disponibles en el mercado; y las acompañan con notas y comentarios críticos.

Las ediciones tienen como apoyo un libro de estilo con todo tipo de referencias sobre los criterios de tratamiento tipográfico aplicados a nuestros libros que puede ser consultado en Linkgua-ediciones.com.

Linkgua edita por encargo diferentes versiones de una misma obra con distintos tratamientos ortotipográficos (actualizaciones de carácter divulgativo de un clásico, o versiones estrictamente fieles a la edición original de referencia).

Este servicio de ediciones a la carta le permitirá, si usted se dedica a la enseñanza, tener una forma de hacer pública su interpretación de un texto y, sobre una versión digitalizada «base», usted podrá introducir interpretaciones del texto fuente. Es un tópico que los profesores denuncien en clase los desmanes de una edición, o vayan comentando errores de interpretación de un texto y esta es una solución útil a esa necesidad del mundo académico.

Asimismo publicamos de manera sistemática, en un mismo catálogo, tesis doctorales y actas de congresos académicos, que son distribuidas a través de nuestra Web.

El servicio de «libros a la carta» funciona de dos formas.

1. Tenemos un fondo de libros digitalizados que usted puede personalizar en tiradas de al menos cinco ejemplares. Estas personalizaciones pueden ser de todo tipo: añadir notas de clase para uso de un grupo de estudiantes,

introducir logos corporativos para uso con fines de marketing empresarial, etc. etc.

2. Buscamos libros descatalogados de otras editoriales y los reeditamos en tiradas cortas a petición de un cliente.

www.ingramcontent.com/pod-product-compliance
Lightning Source LLC
Chambersburg PA
CBHW020615130626
46552CB00007B/3212